Se7e:

diásporas íntimas

(contos)

Lande Onawale

Se7e:

diásporas íntimas

(contos)

um livro em memória de Jônatas Conceição da Silva

MAZZA edições

Capa:
Túlio Oliveira

Diagramação:
Elizabeth Miranda

Onawale, Lande M.M.

O58s Sete: diásporas íntimas / Lande Onawale M.M. – Belo Horizonte: Mazza Edições, 2011.

72p.

ISBN: 978-85-7160-540-4

1. Ficção brasileira. 2. Contos brasileiros. I. Título.

CDD: B869.34
CDU: 821.134.3(81)-34

Mazza Edições Ltda.
Rua Bragança, 101 – Bairro Pompeia – Telefax: (31) 3481-0591
30280-410 Belo Horizonte – MG
e-mail: edmazza@uai.com.br
www.mazzaedicoes.com.br

Obrigado a Cuti (Luiz Silva) e Maria Nazaré Mota pela revisão dos originais. Lindinalva, Vera, Alessandra e Joceval pelas primeiras leituras. Lene, Silvano, Maria Luiza, Bai e Dadi por me proporcionarem recanto e paz.

A Roji Mukuumbi por todos os caminhos...

Sumário

Prefácio

Encruzilhadas e movimentos: *aqui* e *lá*, *ir* e *vir*...

Sete: Diásporas Íntimas, de Lande Onawale, é uma viagem literária por encruzilhadas de narrativas que se movimentam entre o cotidiano e o inusitado, o contemporâneo e o passado histórico distante. É um livro que se inspira na divindade africano-brasileira *Esù* e se materializa na dinâmica dos *Sete* caminhos – a *encruzilhada* –, por isso é singular e simultaneamente pulsante. Fascínios, declínios, medos e esperanças, o hodierno e o extraordinário, emoção, suspense e inquietações permeiam os contos e indubitavelmente mostram lugares e personagens com timbres bem peculiares.

Forjar encontros, enlaces, separações, vidas, mortes, sentimentos, sobrevivência, em *Sete: Diásporas Íntimas,* são ações de quem vive, concomitantemente, *aqui* e *lá*, ou seja, de quem caminha, sem dicotomias e fixidez, mas em um (des) contínuo *estado diaspórico*, entre pertencimentos e trilhas bifurcadas como se apresentam as histórias narradas. Assim, viver para a Bailarina, Regina, Jorge, Justino, Luiza, D. Ismênia, Roberto, Dinho, Veridiana, Romão, Kinda, Adalberto, Joel e tantas outras personagens, presentes nos contos, é estar em permanentes *diásporas* e *encruzilhadas*. Torna-se imprescindível, para elas, caminhar em múltiplas vias, bem como inevitável discernir e escolher o Sim e o Não, o Campo e a Cidade, a Vida e a Morte..., no fugaz aqui e agora, já que o futuro (des) inventa o momento e figura como probabilidade de caminhos e alternativas para perseguir a vida e suas intempéries.

Em *Sete: Diásporas Íntimas* entrecruzam-se não apenas histórias, mas também atos de pensar, pois desfilam possibilidades de *ir* e *vir* e, sobretudo, de tomadas de decisão. *Ir* e *vir* não somente indica movimento, mas a objetividade e a precisão, atributos próprios de *Esù*, o *Comunicador* e *Senhor* dos caminhos cruzados, e a brevidade, o flagrante sem alarde, a imprevisibilidade, a um só tempo, surpreendente e prazerosa das narrativas, tal como em *A Bailarina*, o conto mais curto do livro, mas pleno de enredo e direcionamento.

Os textos destacam-se também pelo contínuo deslocamento das vozes narrativas que se delineiam ora em primeira, ora em terceira pessoa, transitando entre o distanciamento e a subjetividade, sinalizando rompimento com focos narrativos homogêneos. Em *Veridiana,* o narrador conta um dos cruzamentos entre Romão e Diana, durante as comemorações pelo reconhecimento oficial da comunidade como um *Território Remanescente de Quilombo*, talvez o mais decisivo para outros importantes encontros e desencontros. A voz narradora imerge na experiência particular das personagens, apresentando-se de modo coletivo, entrecruzando vozes e sugerindo desdobramentos das personagens em *nós* e *ele*: "[...] E porque somos capazes de ser atraídos por um levantar de sobrancelhas, porque somos capazes de nos tornar cativos da música peculiar de uma voz, Romão disse sim àquele nome, após um longo silêncio [...]" (p. 31).

Tal oscilação, do constante *ir* e *vir*, sugere descentramento de vozes que contam e de caminhos cruzados de sons e imagens que percorrem a trama. O narrador que guia o/a leitor/a, na *encruzilhada* do enredo, não é onisciente, ao contrário é um contador em movimento, que também se surpreende com as realidades inventadas e com o dinamismo de olhares e sentidos, tornando quase imperceptível a distância entre o real e o ficcionalizado.

Já em *Mukondo*, o mais longo dos contos, embora todo contado em terceira pessoa, fixa o interesse e o olhar do/a leitor/a precisamente por não ser um relato linear apenas de ações e relações entre as personagens mediante um acidente e a morte quase sempre inesperada. A trama se desenvolve permeada e movida, como em todo o *Sete*, por repertórios e traços culturais africano-brasileiros, logo *diaspóricos*, e por ecos místicos de vivências afro-religiosas, oferecendo ao/à leitor/a jogos de sons, sentidos e imagens, que circulam entre as estradas do *Aiyê* e do *Òrum* – o visível e o invisível, respectivamente.

Na *encruzilhada* temática, o autor de *Sete: Diásporas Íntimas* opera com motivos que despontam das ordinárias ocorrências do cotidiano que, paulatinamente, adquirem, pelo poder da linguagem e das imagens, dimensões de irreverentes aventuras. Em *Um amor na diagonal*, um conjunto de pequenos detalhes engrandece a narrativa e a experiência de Kinda, ao vivenciar um assalto a ônibus em uma longa avenida. Amor, ódio, inércia, reencontro, embate, medo, pensamento, objetos, lembranças debruçam-se sobre a trama, tornando-a um painel inusitado e fragmentado de cenas que também indicam o tênue limite entre o real e o ficcional.

Outros motivos trilham nas narrativas de Lande Onawale, que, coadunados com trocadilhos de signos, significados e significantes, de sons e modos de narrar, propiciam ao/à leitor/a o encontro com marcas de uma escrita que se sustenta em incursões míticas, místicas e corriqueiras, tais como sentimentos de resistência diante das vicissitudes da vida, da morte e da condição humana. Os contos ainda possibilitam ao/à leitor/a pensar sobre problemas sociais e das tensões advindas das relações afetivas, familiares, comunitárias e interpessoais, enveredando o/a leitor/a por *caminhos* e *encruzilhadas*, como em *Domingo*: "Naquela manhã, mamãe acordou de mal com as palavras. Quando saímos do quarto, cada um a seu tempo e ritmo, já a encontramos muda. Ou quase. Era domingo, dia em que mais cantarolava, e sua introspecção nos deixou intimamente em estado de alerta." (p. 51).

Ao construir personagens e situações, em criativos percursos e diferenciados matizes, Lande Onawale, em seus trajetos, como se desenha nos contos de *Sete: Diásporas Íntimas*, produz mais uma *encruzilhada* formada por sensibilidades, percepções, discursos, reflexões e imaginações, que se encontram e desencontram na busca de caminhos e no exercício de pensar. Neste sentido, o livro, como um dinâmico *ir* e *vir* e estar *aqui* e *lá*, é um convite ao/à leitor/a a realizar viagens de certezas e incertezas, de escolhas, na intimidade das *encruzilhadas* e das *diásporas*, com o dinamismo inerente às bifurcações.

Continuemos na estrada, tendo *Sete: Diásporas Íntimas* como guia e caminho...

Ana Rita Santiago

Ekede de Ogum do Ilê Asè Iyà Nassô Okà (Terreiro da Casa Branca)
Doutora em Letras
Profa. Assistente da Universidade Federal do Recôncavo da Bahia

Dias ásperos, caminhos sobre ondas
Dias árduos...
...
A alma nunca perdida

***Diáspora**, José Carlos Limeira*

"Estar em Mpámbu a Nzila (Bombonjira), ou numa encruzilhada, pode ser também estar num ponto grande, alto e de auto poder, pois é estar no ponto dos sete movimentos de um ser humano..." *Valdina Pinto, Makota Zimewaanga*

Para Joseane (Josi)

todas essas linhas
– e entre linhas.

A bailarina

Não via a hora da estreia do comercial. *"Vai passar no horário nobre, e o bairro inteiro, aliás, a cidade inteira se tornará um buchicho só, no dia seguinte!"*.

À tarde, fora buscar o cachê da sua participação e, junto com as outras dançarinas, assistiu ao filme já editado. Faltava apenas a inserção da logomarca do produto. A coreografia, por demais ensaiada no estúdio e na escola de balé que frequentavam, ficou perfeita. Os passos finais, em *slow motion*, culminavam com o salto de todas em direção à câmera. A colega de perfil mais nórdico e mais próprio, segundo o diretor, mostra, na palma da mão, o copinho do iogurte anunciado – o produto disputando a tela com os sorrisos sadios das moças por breves segundos de imagem congelada.

Às 19 horas, a sala estava apinhada de gente, assim como a janela do cômodo. Quem possuía TV em casa ouvia as reclamações de quem não possuía o aparelho. Todos consideraram mais emocionante assistir ao comercial na casa da artista.

Plim Plim... A emissora anunciou a pausa na programação. Os moleques largaram as bolas de gude na nesga de barro onde brincavam e se enfiaram por entre as pernas dos adultos. A irmã da bailarina, na varanda, interrompeu o beijo e adentrou a sala arrastando o namorado pela mão. Os comerciais que se sucediam, mesmo os mais tolos, nunca tiveram um público tão atento e silencioso.

Começou. As moças dançavam como as cabeças dos espectadores. "Cadê ela?! Cadê ela?!" "Ali, ó. Aquela de roupa azul." "Mas são várias! Bem que a TV poderia ser maior, né?", observou um vizinho. "No final fico mais visível", disse a dançarina aflita. "Psssiu!", repreendeu a mãe. Para aquela plateia, os 30 segundos foram eternos. Quando o balé iniciou os movimentos finais, a bailarina inclinou-se instintivamente para a TV. Na tela, no canto superior direito, uma tarja branca com o nome do produto apareceu e foi escorregando em diagonal. Foi entrando... entrando... e parou, escondendo ao fundo seu rosto negro tão bonito.

Por sobre as estações

No banco da praça, Jorge ancorou a sua nova manhã de angústias. Seus brios de homem, porém, eram donos dos ares, aves agourentas de asas cortantes que atravessam o tempo e os séculos. Talvez fossem elas que farfalhavam os sentimentos de Jorge por Regina. Muitos, soltos, contraditórios, varrendo e sendo varridos uns pelos outros, eles procuravam um refúgio... ou um propósito. No abrigo das lembranças é onde Jorge apostava que ele e Regina poderiam se reconciliar: cada samba ou prêmio que dedicou a ela; cada carnaval que brincaram, rememorando o dia em que se conheceram dentro de uma chuva de confetes. Foi quando ele lhe recitou os primeiros versos de Ainã, que se tornaria o poeta de suas vidas. *"Ao som dos tambores/ dança árvore outonal/ linda em toda graça dos seus galhos/ bela a jinga dos salamaleques"*.

Contudo, havia no ar um pressentimento de que o inverno que se aproximava seria invencível. Há tempos ela não manifestava ciúmes, e as tentativas dele de trazê-los à tona somente atraíram brumas tristes e tempestuosas. Permitir que ela visse pistas de outras relações deu à esposa, inclusive, a chance de mostrar que sempre soube das suas amantes, e de dizer, com todas as letras, que o casamento terminara, mas pelas filhas coabitaria sob o mesmo teto. Por pouco não foram reacendidos gestos violentos de outras ocasiões. Passado o calor da discussão, como sempre, Jorge voltava a crer que os ventos causados pelos seus erros não a soprariam para muito longe. Nas últimas semanas, entretanto, ele andava tenso e bem desconfiado, pois percebia a mulher vivendo cada vez mais dentro da realidade da separação: tirando roupas dos armários, colocando um novo colchão no quarto. Regina desenvolvia um desapego com as coisas que eram do mundo deles, como se ela fosse uma jovem nuvem primaveril, amante das transformações. Mas não era assim... Ele voltaria a pedir seu amor, ou, se preciso, a exigi-lo.

Era só até dez, mas Regina já contava dezessete. Inspirando. Teve um sobressalto com o toque da professora. "*Desculpe, mas você também me assustou.*" As duas sorriram. Ela saiu apressada da aula de ioga, caminhando a favor do vento. Era sábado, sua folga, e precisava comer e descansar, para sair à noite com as filhas, antes que Jorge chegasse do trabalho. Este pensamento a constrangeu, pois ela queria aprender a lidar com a crise do casamento, como tem lidado com sua respiração. A meditação a livrou do remorso dos primeiros meses, mas não do receio de novos conflitos, ou da angústia por ter que esconder das filhas a gravidade da situação.

Ela o amara muitos anos. Após as primeiras desavenças, as brisas da reconciliação sempre traziam aos seus ouvidos, entre juras e afagos, algum novo samba de Jorge. Mas Regina abandonara o lugar de musa, ao se perceber no alto de uma velha torre inacessível, só tocada pelos delírios do marido. As palavras de um mestre hindu nunca mais a abandonaram: *se você idolatra alguém, tenha certeza, você vai se vingar...* Ela já não suportava novos versos e perdões, novas pazes e promessas, e antevia o recrudescimento do ciúme de Jorge em seus açoites de palavras e gestos que a destroçavam. Suas vidas adquiriram diferentes rotações, tornaram-se antípodas, e estavam, definitivamente, em hemisférios opostos. "*... mas não é destino das flores retardarem verões... as flores também cansam de debelar os incêndios...*".

Ao chegar em casa, as filhas se cuidavam para a noite. Amigas se esmeravam na crespitude dos seus cabelos, criando delicados desenhos. A filha mais nova fora, enfim, convencida de que tranças presas à cabeça são mais nobres e elegantes que soltas.

– E são mesmo – disse a mãe. – Mas hoje não é a escolha da Rainha, não, gente. É só um ensaio do bloco. Pra que tanto requinte?

– É o primeiro ensaio, D. Regina – disse uma das amigas. – A gente quer decidir nossa companhia do carnaval logo hoje! – Elas pararam para rir.

– Vou colocar o almoço para todas, viu? Hora de comer – disse a mãe.

– Para *todos* – disse uma filha. – Painho tá lá em cima.

O coração de Regina disparou. Disfarçou sua surpresa e nervosismo e foi para a cozinha. Tentou se concentrar na preparação do almoço, mas não conseguiu. Com certeza, ele a esperava, e relutava a subir – "*... não há mais verão pra se viver...*". Regina sabe que não há reconciliação possível, e torce para que Jorge perceba e aceite isso. As conversas têm sido tensas - "*... o sol se põe sempre no mesmo lugar...*". Foram fortes os ventos das últimas discussões, e não houve páginas que não tivessem sido reviradas – ou mesmo arrancadas. Ela gostaria de evitar isso de novo, mas ouve a voz da professora de ioga tão perto que se arrepia: "*Inspire, e siga*".

Jorge estava sentado à beira da cama, cotovelos sobre os joelhos. Parecia relaxado, mas estava tenso. Tinha pressa e, assim que a viu, disparou:

– Eu te amo!

– Jorge – disse ela ternamente –, nós já conversamos sobre isso. Esse amor tem que vir a ser uma outra coisa, nós...

Ele interrompeu, alterando a voz:

– Não há outra coisa que o que eu sinto possa ser.

– E o que eu sinto, Jorge, não conta?

Ele volta ao tom anterior:

– Podemos rever tudo...

A conversa seguiu numa tensão crescente. Outra vez nuvens de chumbo voltaram a envolvê-los, sempre mais densas até desabarem em raios e tempestades. Foi quando ele trancou a porta, e ela forçou a passagem. Jorge a pega firme pelo braço, empurrando-a de volta. Regina, com os olhos em fogo e uma lentidão raivosa no gesto, afaga o lugar que ele apertara:

– Enfim, o leão, que nem a poesia de Ainã conseguiu domesticar...

– Assim como a ioga não curou seu cinismo – rebateu ele.

– Sai da minha frente, Jorge, preciso sair desse quarto – diz Regina secamente.

– Sair pra onde, Regi? – Fala o marido, retomando um tom conciliador, mas a mulher explode:

– Pra ser feliz de novo, porra! – grita e caminha para a porta.

Ele saca um revólver e ela recua surpresa.

– Jorge, o que é isso?! Onde você arrumou essa arma?! Cê tá louco?! Por favor, para com isso. Não me coloque mais longe de você do que estou, diz Regina, em lágrimas, como ele.

Jorge sentencia:

– Você não vai... você não vai mais longe do que isso! E fechando os olhos, talvez para não ver seu gesto de desespero, dispara três tiros na direção da mulher, que cai de bruços após um grito de pavor.

Antes que pudesse abrir os olhos, Jorge dobra os joelhos sob o peso do horror daquele instante. Em seu horizonte íntimo, um nebuloso arrebol de arrependimento se insinua, mas é rechaçado pela fatalidade dos seus planos.

Os tiros fizeram as filhas se abalarem escada acima.

– Painho! Painho! Mãinha! – gritava um coro de vozes embargadas por maus pressentimentos. Esmurravam a porta com todas as forças.

Alheio àquele ribombar de trovões, o pai não tinha ânimo, ou voz, senão para pedir guturalmente sua própria remissão:

– Regina... Meu amor... Perdão...

Jorge se arrastou, abraçou as pernas de Regina e escalou seu corpo inerte, como um alpinista derrotado, vencido pela constatação de que aquela era uma montanha intransponível, irremovível, inevitável.

Mas Regina não estava morta.

A primeira bala lhe atingiu o ombro, a segunda, apenas arranhou sua cabeça, e a terceira se perdeu na imensidão cinza daquele quarto de casal. O ferimento da cabeça lhe tirou os sentidos, aos poucos recobrados, mas o medo a paralisou. Apavorada, ela se interrogava sobre o que mais a insanidade dele era capaz de fazer. Ele a mataria mais uma vez? Quantas ainda? O desespero das filhas a estava demovendo em prosseguir com aquela simulação, mas o marido lhe fez uma nova promessa, e ela, cansada de tudo, parou de respirar mais uma vez:

– Regina... eu vou te encontrar, meu amor...

Sentado ao lado da esposa, ele traçou pela última vez o perfil do corpo da mulher que dizia amar mais que tudo. Ela sentiu o revólver tocar-lhe o tornozelo, subir pelas suas coxas, contornar sua bunda e no seu belo dorso deslizar, alçando voo para além das estações.

A partida

Para minha avó Luzia, in memoriam

Para toda aquela família, a vida no campo se distanciava do futuro. Crescia neles a convicção de que, se continuassem com os pés fincados ali, iam se tornar obsoletos, esquecidos pelo tempo. Então, ir para a Capital, ou alguma outra metrópole, passou a ser um modo de fazer sentido nesta vida, e uma prova de sobrevivência para os mais inteligentes. Mesmo aqueles que, por bairrismo ou indolência, não esperavam outra coisa senão morrer no endereço onde nasceram, admiravam, ainda que secretamente, a quase virtude dos que anteviam no horizonte o chamado da prosperidade. Todos, enfim, estavam certos de que, a cada trem que passava pela cidade, um pouco de futuro seguia suas trilhas de fumaça e ferro. E não voltavam mais. Aliás, também os trens já ofegavam ao passar pela cidade, e iam cansando, cansando, até pararem de uma vez. Enferrujados pelo progresso. Os roletes de cana secavam na estação ferroviária, por mais que os vendedores os molhassem, e eram jogados no rio juntos com a esperança de melhores dias. Em verdade, a cada ano, algum produto tornava-se excedente nas feiras e armazéns, alguma atividade perdia a graça ou pesava como nunca, e ia desaparecendo sem deixar rastros para a geração seguinte.

Como a confirmar todos os presságios, certos parentes vinham da capital, a passeio, com o sucesso dourado a lhes cingir os dedos.

– Este aqui, quando fizer vinte anos, vai comigo pra Salvador – dizia um tio a cada visita, apontando, com a mão dos anéis, o filho mais velho da irmã viúva. Os mais novos se assanhavam.

– Cê vai pra Bahia, é? Cê vai pra Bahia? – interrogavam, se referindo à capital.

– Cê vai levar a gente?

Justino, o primogênito, orgulhoso de si e confiante em seu futuro, apenas esboçava um sorriso de vanglória, sentimento que a mãe compartilhava. Mal entrado o ano em que ele completaria a idade prenunciada pelo tio, a alegre expectativa da partida contagiou o lar deles e tornou-se parte dos seus hábitos. Estava nas sementes pouco promissoras revolvidas com terra, estava nos infinitos bagos comidos à sombra da jaqueira, nas idas à feira, nos entre-fôlegos das brincadeiras no rio. No fundo daquela euforia, entretanto, mãe e filho dividiam um silêncio que era quase dor. Eles raramente tratavam da viagem diretamente um com outro. *"Ademais, isso de ver filho partir é como parir; perdemos tanto da gente, pro pouco que o mundo ganha... O mundo não dá valor..."*, disse Luiza a uma vizinha, sem se acostumar com a ideia da partida. E como seria diferente? Aquele filho era muito para ela.

Quando se casara, o marido tinha nove filhos. Três filhas. Havia os enteados que não aceitavam a autoridade de Luiza, que era tão jovem quanto alguns deles. Anos mais tarde, após a morte do marido, dois dos homens preferiram a orfandade das estradas a lidar com uma nova matriarca, um deles, expulso pelo mais velho, que protegia a madrasta em honra à memória do pai.

Desde o casamento, até o nascimento do seu primeiro filho – exato nove meses depois – Luiza viveu a sensação de não pertencer plenamente àquela família. Somente sua própria cria viria lhe dar a posse daquela casa. Mesmo assim, por muitos anos, ela teve que se acostumar com o fato de que sua casa igualmente pertencia a uma ausência – e aos filhos e filhas dessa ausência. Tal como os anos que lhe faltavam, as palavras também se esquivavam, e não lhe ajudavam a lidar com as pequenas rebeldias dos seus novos parentes. E elas vinham certas como os dias.

Ao chegar, Justino dera um porto seguro à sua mãe. Agora Luiza tinha por onde desenvolver a sua noção de autoridade, e com uma legitimidade inquestionável. Não só porque nascera, simplesmente, é que o filho lhe dera um chão, mas também pelo arrimo que foi se tornando ao longo de toda a vida dela, porque o marido só viveu o tempo de ouvir o quinto e último filho lhe chamar de pai uma ou duas vezes.

Ainda criança, o trabalho atou-se às mãos de Justino, subiu às suas costas. Nada diferente de outras crianças da roça, mas Luiza via no seu filho um arcanjo protetor. Ela o via e tratava como o chefe da família. Seu pequeno marido. "*Ora! Afinal, era o mais velho dos seus!*", pensava convicta. Contudo, agia sem que os maiores percebessem.

Por sua vez, como se também houvesse perscrutado alguma designação celestial, Justino assumiu a família e o trabalho com uma responsabilidade bem maior que os seus dez anos, quando as palavras do pai soaram incompreensíveis.

– Não é só a terra que compramos dos brancos que a gente tem que honrar e fazer crescer mais do que eles fizeram. O sobrenome que pegamos deles também...

Ao longo do tempo, aquela fala foi se desdobrando em sentidos que fortaleceriam os propósitos de vida de Justino. A sua autoridade vai aos poucos sendo reconhecida por irmãos mais velhos e mais novos, e daí vem um prazer que alivia o peso do seu papel. Ele gostava de ser ouvido e de planejar o futuro da família, de cuidar da mãe como faria o marido que ela teve por tão poucos anos. Já lhe vinha o gosto de ter uma esposa de verdade, filhos e uma casa, embora nem atinasse como isso aconteceria. Sabia que logo tudo mudaria completamente e, aos vinte anos, veria o mundo começar de novo.

– Vou vim buscar a senhora e os meninos – prometeu, se referindo a todos os irmãos a partir dele.

Na manhã da partida, todos acordaram com uma disposição que parecia fazê-los pairar acima de tudo. Do bem, ou do mal. Luiza e Justino estranharam seu estado de espírito, mas resolveram, como os outros, abrir suas janelas interiores para aqueles mornos raios de luz que os convidavam a sorrir. Quase ninguém, então, entendeu logo o que se passou...

Justino voltava da feira radiante como o sol que lhe reluzia a pele. Ele vinha cercado de sonhos. Completava o cortejo as compras carregadas pelos irmãos e suas infindáveis perguntas sobre Salvador, como se não fosse a primeira vez que Justino iria à capital, como se ele e a cidade fossem velhos conhecidos. Vendo a euforia do grupo, se poderia achar que todos viajariam juntos naquele dia!

A mãe e a irmã os aguardavam na porta de casa e só elas, do lugar onde estavam, viam a espantosa transformação nas feições de Justino à medida que ele se aproximava. O seu rosto alegre tornava-se denso e grave, seu ar maduro, tenro. Demudava. Rejuvenescia! Justino perdia idade. Mãe e filha se entreolharam ligeiramente a confirmar o inacreditável a que assistiam. E ele foi ficando mais moço, mais novo a cada passo e, na soleira da porta, desabou num choro repentino e incontido, que deixou os irmãos atônitos. Com um gesto, a irmã barrou os outros ainda na varanda e Justino foi, sozinho, se apoiar nos ombros da mãe. Os irmãos se olhavam como espectadores diante de um perfeito número de ilusionismo. Viram desaparecer ante seus olhos o homenzinho que os guiava com pulso e autoridade no trabalho, ou nos festejos, o irmão-pai que os repreendia, aconselhava e até lhes prometia um mundo novo. Perguntavam-se pelo seu herói cotidiano.

Luiza levou seu filho para o quarto, contendo as próprias lágrimas para não machucar mais a sua criança – lágrimas que não impediria de brotar nos quatro quilômetros de caminhada até a estação. Sentada na cama, deixou que ele panteasse a cumplicidade dos dois, o medo dos dois, a saudade que há tempos vinha lhes enrodilhando. E enquanto ela lia para o filho a oração que copiara para lhe entregar naquele dia, ele derramava no colo da mãe toda aquela infância retornada.

Veridiana

Contradição é um outro nome que o amor tem, e este nome é um lugar onde ele repousa e encontra solo fértil para suas raízes abissais. Mesmo em um precipício de contrários, ironicamente, esse nosso impulso de eternidade constrói a sua tosca moradia.

Contudo, aquele casal passava ao largo de tais erupções, passava, inclusive, ao largo da euforia da comunidade que festejava o próprio reconhecimento oficial como Território Remanescente de Quilombo, quando todos se sentiram encorajados para dar um passo à frente das suas casas.

Era o terceiro ou quarto encontro dos dois, e iam habitualmente calados.

– Romão, por que a gente não casa? – ela irrompe calmamente.

Ele se espanta, depois sorri.

– Êta, a gente nem namora!

– A gente começa.

– Pode ser... Mas nem seu nome eu sei direito! É Diana de que *mermo*?

– Né Diana, não, besta.

– Ah, não?! Todo mundo *num* chama Diana?

– É Veridiana. Meu nome é Veridiana.

Foi como se outra pessoa falasse naquele momento. O nome, que nela evocava uma nova presença, nele acordou uma procura. E porque somos capazes de ser atraídos por um levantar de sobrancelhas, porque somos capazes de nos tornar cativos da música peculiar de uma voz, Romão disse sim àquele nome, após um longo silêncio.

Semanas depois, o quilombo se preparava para outros passos em busca da liberdade; o ministério, em novo documento, revogou o reconhecimento anterior e o governo voltava atrás no que decidira; Romão e Veridiana, não.

Foram morar em uma casa antes ocupada por um tio de Veridiana, falecido havia pouco tempo. Diziam que o velho era casado com as ervas e com as rezas. Metade da pequena casa era tomada por santos, ex-votos e garrafas com toda sorte de infusões. Nos primeiros meses, além de cuidar da roça e ampliar um pouco a pequena casa – os filhos já viriam – o casal se ocupava em distribuir a "herança" deixada pelo primeiro morador.

Com os dois meninos, aumentaram suas preocupações, mas ainda havia, em Romão, a sobra de algum afeto que possuía por Veridiana – e ainda certo encanto pelo seu nome. Ela continuou aquela pessoa calada, com seus rompantes de sinceridade. Ele descobriu, porém, a diligência dela nos afazeres domésticos, do que gostava. Para Romão era isso: tinha uma esposa e cumpria suas obrigações do pão e do sexo.

Veridiana também queria para si aquele horizonte, que sabia onde começava e acabava, e não era como o mundo lá fora, com suas linhas ilusórias. Gostava do trabalho que lhe ocupava a mente e lhe enrijecia a carne, dos temperos que lhe cauterizavam feridas. Nenhum dos dois tinha tempo ou planos para o amor, para uma ternura alada, livre das obrigações. Nada, além do tempo, movia o moinho das suas vidas, até que um desassossego se pôs a soprá-las em sentido contrário.

Ao longo dos dias, Romão era perseguido por um incômodo em seu peito e, frequentemente, assaltado pela ideia de que Veridiana partiria para sempre. Era algo mais profundo e além das cotidianas desconfianças masculinas; quase uma premonição.

– Oxe, *Rumão*! E você lá é *mulé* pra ter pressentimento?! – repreendeu um irmão, aconselhando: *Ói*, *cê* vai *vê* isso, hein? *Cê* vai *vê* isso...

Arrependido, Romão não voltou ao assunto com mais ninguém e, como a sensação não passava, foi ficando quase tão calado e observador quanto a esposa. Não sabendo lidar com aquilo, pôs-se a expulsar ao menos a desconfiança de dentro do seu peito inquieto.

– Pra quê essas flor em casa? – inquiriu, ríspido.

– Flor em casa é pra quê, Romão? Enfeite, né? – respondeu a mulher, colocando o vaso bem no meio da mesa do almoço, parecendo não dar importância à irritação do marido.

E, de outra vez, olhando as roupas das crianças:

– A gente não tem dinheiro pra comprar comida...

– Mas tem que ter pra comprar roupa pros *bichinho*... E pra gente também. *Inda* mais eu que levo eles na escola. Eu fico até envergonhada.

Romão estava convencido de que Veridiana experimentara, além da fronteira da vida deles, alguma distância que logo a faria partir – e deixaria para trás um mundo que só encolheria... Assim, toda vez que ela saía, e para Romão suas ausências tinham aumentado, inúmeros pensamentos o inquietavam. E, na volta da jornada do trabalho, ao perceber de longe a casa vazia, ele se aproximava arrastando dúvidas que já lhe vergavam os ombros. *Será que ela volta? Vai mandar uma carta? Será que deixou o mais velho pra ajudar no roçado?*

Por fim, ao vê-la chegar em casa, queria gritar aos seus ouvidos: *Por que cê num vai embora de uma vez?!* Ele acreditava que isso desataria a sua angústia, e começou a querer se antecipar a Veridiana, facilitar sua decisão e pôr um fim a tudo. Ele a chamaria pelo nome de solteira:

– Veridiana Tomé. Eu tive pensando, acho melhor nós se separar. Vou morar com meus *irmão* e pai, e posso levar o *minino* mais velho.

Seria desse jeito: direto. Porém, logo mudava de estratégia. Pensando em não a ofender – embora ela merecesse! – punha-se a imaginar modos mais amenos para levar a cabo a separação. Entretanto, suas elucubrações, seu espreitar da traição, sua contemplação enviesada da mulher iam, sim, lhe revelando a fluência dos gestos de Veridiana, a diversidade de cuidados e perfumes que ela ocultava sob o lenço da cabeça, no corpo... Via o cabelo dela, suas tranças de raiz, em diálogos eloquentes com as pontas dos seus próprios dedos, e pode até contemplar – sozinho! – a fonte do brilho da pele escura de Veridiana. Perguntava-se qual dos dois nunca estivera ali...

Assim, antes mesmo que pudesse definir a forma do seu adeus, Romão surpreendeu-se, no meio do roçado, a lembrar de Veridiana com uma ternura incomum e a semear o nome dela nas covinhas que fazia nas leiras da plantação. De novo ele reagiu, lembrando de comportamentos estranhos da esposa, das roupas novas e de enfeites que nem assentavam bem numa moça da roça...

Em outras ocasiões, ainda verão, ele se via a separar sementes secas de certa fruta, com as quais faria um jogo rústico, para os dias muitos chuvosos do inverno. E aquelas flores de cores tão vivas? Será que ao menos uma daquelas mudas aguardaria a primavera no jardim improvisado da sua casa? Foi assim que Romão aceitou, assustado, que amava Veridiana. Afinal, o que é o amor senão essa doce espera das estações?

Essa onipresença afetuosa de Veridiana crescia dentro dele dividindo espaço com a sensação de que ela o deixaria, num antagonismo que o dilacerava. Dois punhais cruzados dentro de si. Só de imaginar a distância entre seu amor e o desinteresse de Veridiana, ele se constrangia, como se tudo fosse de domínio público. Tornava-se mais urgente a separação. Não lhe ocorria que todo o seu temor e a desconfiança nasceram depois e por causa daquele amor, sequer intimamente revelado, e eram fantasmas criados pelo sol que ele mesmo reprimia. Sem meios de confessar o que sentia – e todos viam! – ou de pedir a ela que não se fosse, Romão resolveu arrancar do peito o punhal da suspeição, e deixar o tempo corroer a segunda lâmina.

Veridiana, por sua vez, também vira nascer um sentimento novo, ruir os limites de seu universo tangível e doméstico, e passou a ver um infinito em cada coisa. Nem cogitava chamar de amor aquele alumbramento, que a fazia lidar com a ausência do marido, como se presença fosse, e, ao colocar seu prato à mesa, dirigir um olhar breve e carinhoso à cadeira vazia; ao forrar a cama, de tardinha, deslizar as mãos sobre o lençol, imaginando o veludo azeviche das costas de Romão. No entanto, era um sentimento ancorado pela melancolia e, em algum momento, emergiria a resignação de que o amor nunca floresceria. Romão não era homem disso. *Vê se ele pegou as sementes secas que ela pediu... e as mudas de flores que eram tão pertinho do roçado?* Ela poderia ter pego tudo sozinha, mas pedir ao marido foi o gesto extremo de sua confissão de amor. Veridiana não se achava, enfim, com jeito para viver essas coisas de novela... Mas, no fundo, era tudo o que ela queria! Como desejava chamar de amor o que sentia!

Assim, tudo em volta dela foi murchando em cores e encantamento. Agora, Veridiana via seu mundo ficar apertado, de um tamanho que não pode conter quem já sonhou ao menos uma vez... Para piorar, Romão implicava com seus mínimos arroubos de contentamento, tornando-se soturno, e ela não teve mais dúvida do desgosto dele pelo casamento. O ajudaria a partir.

– Mãe, tá chorando?
– É a poeira no olho.
– Mas num tá ventando nem nada!
– É só em mim.
– Eta! Poeira só em mãe?!
– É. Só em mim.

Os filhos voltam para o mundo de barro que faziam, e ela ao seu sofrimento inflexível.

O nervosismo arrastou Romão da cama para dentro do dia ainda escuro. Não chegava a nenhuma frase que lhe soasse conveniente para começar - e acabar!- a conversa com a esposa. O trêmulo candeeiro, que ele insistia em usar, apesar da luz elétrica, se jogava alguma luz sobre a cozinha, não lhe trazia as palavras da escuridão. Só um vocativo solitário resplandecia: *Veridiana*. Ela acorda com o barulho do marido à cata dos utensílios para o café da manhã e, ainda que intrigada com a iniciativa, lava o rosto e vai ajudá-lo.

Já na porta de saída, Romão não vislumbra mais que palavras temerosas como a própria aurora. Sob o crepúsculo também se esconde uma marcha resoluta. E ele diz:

– Viridiana...

Na pia, de costas, o corpo dela retesou-se, fazendo-a perceber que esperava esse chamado. Não se virou, mas suas mãos ensaboadas aguardavam, explodindo levemente cada segundo da espera de uma verdade que não veio.

– ... de tardinha a gente conversa?

Foi só o que pôde dizer, sem conseguir levar adiante suas intenções. A mudez da mulher pareceu-lhe responder: – Sim, de tardinha.

Nunca Veridiana quis tanto escapar da sinceridade. E o fez. Saiu com os filhos logo pela manhã, para só voltar à noite, quando Romão já estivesse dormindo. O marido também não voltou para o almoço e, naquele derradeiro dia, além de lavrar a terra com o nome de Veridiana, ele a regou de lágrimas. Antes de voltar para casa, foi ao seu esconderijo visitar, pela última vez, restos do que foram seus maiores gestos de amor, até então: sementes de uma fruta da estação, mudas de flores e outras ternuras.

Veridiana chegou carregando nos braços os filhos adormecidos e no peito uma aflição insone. Viu que ele dormia. Acomodou as crianças e voltou pro quarto após o banho, notando que ele só fingia dormir. *"Tá me esperando..."*, pensou. Não tinha mais como se esquivar. Nem queria. Ela era jovem, ele também... Amanhã é outro dia... Deitou-se de costas para ele e suspirou profundamente sua desesperança.

– Romão... – foi a vez de ele se autodenunciar e contrair-se surpreso. Ela continuou:

-... se um dia *cê quisé* ir embora...

Admitir que amava sozinha parecia ainda mais difícil que aceitar o amor. Pensou em outra frase, mas a verdade a exigia.

– Se um dia *cê quisé* ir embora... cê pode ir, mas eu *num* vou querer não, viu?

Veridiana abria seu viveiro interior o suficiente para o amor ganhar os ares, em revoada, pelos bicos de aves desconfiadas e afoitas...

Romão tinha os olhos fechados. Sua alma inundava-se, e ele, náufrago redivivo, agarrava-se desesperado ao lastro da cama como se fosse o pedaço de um continente qualquer. Esqueceu o rio de desconfianças, vergonhas e temeridades que o trouxe até ali. Ainda confuso, ele se apressou em entender, nas meias palavras de Veridiana, o significado da sua vida inteira. Virou-se, encostando mansamente seu corpo no da mulher.

– *Viridiana*... mas e se eu nunca *quisé* ir... *cê*... vai ficar?

– Vou.

Ele abriu também suas comportas para que a felicidade fosse dar em seus olhos marejados. Aconchega a mão sob um dos seios dela – gesto tão esquecido! – apertando-a contra si.

Romão chamou Veridiana tantas vezes naquela noite, que o nome dela se tornou, para sempre, o seu sinônimo particular da palavra amor.

Mukondo

Aos Tatas Esmeraldo Emetério de Santana (Seu Benzinho) in memoriam e Esmeraldo Emetério S. Filho (Chuchuca)

"84!", anunciou o coveiro com certa satisfação, como se prestasse um grande serviço ao público. Na pequena multidão que ainda cercava o túmulo, diversas pessoas, pronta e discretamente, se puseram a anotar o número anunciado. O próprio coveiro, pedreiro, tirou um lápis preso na orelha e, arrancando um pedaço da lápide branca do túmulo vizinho, anotou a dezena que certamente seria sorteada no jogo de bicho logo mais. Findado o ato, os parentes próximos do morto já afastados do túmulo, aquela aglomeração dispersou-se.

Um cortejo ralo de almas viventes subia, lento, a ladeirinha de saída do cemitério. Os familiares, em pequenos grupos, retornavam custosamente ao seu próprio mundo, cada um abraçado às suas memórias em relação ao falecido. Conjecturavam a morte.

A mãe, D. Ismênia, e o filho mais novo saíam, outra vez, tão juntos e sós do cemitério. Nuvens precipitavam-se em gotas; a chuva alimentava suas lembranças... Dinho, como era chamado o caçula, ainda não se refizera plenamente da morte da irmã que o criou, oito anos antes. Nem a mãe. Com a morte de Rosa, se Dinho perdia uma segunda mãe, D. Ismênia enterrava a primeira das suas "crianças". A vida pelo avesso. Rosa era uma filha confidente, daí um sentimento de orfandade particular entre mãe e filho. "Meu dengo... minhas candongas.", a irmã dirigia-se a ele carinhosamente. Naquele enterro, Dinho sentira como se qualquer outra morte – até a da mãe! – seria uma morte menor, aceitável. Mas, ainda à porta do cemitério, como que lendo seus pensamentos, a mãe o advertiu:

– Uma morte nunca prepara a gente pra outra...

E assim estava a família, despreparada, quando chegou a notícia do acidente no setor de produção da refinaria onde Roberto, o filho mais velho, trabalhava. O almoço dominical calou-se imediatamente, e quase todos voltaram os olhares para a matriarca. Sem dizer qualquer palavra, D. Ismênia levantou-se diligente, após afastar o prato com a comida. Não tinha pressa ou vagareza. Continuando a mastigar o que lhe restava à boca, providenciava sua ida à refinaria. Os adultos dividiram-se: uns choravam baixinho, reprimindo os maus presságios, uns tomavam as mesmas providências da mãe e outros a seguiam pela casa ajudando-a a preparar-se. Ela não olhava para trás nem para os lados. Andando, largava uns chinelos e calçava outros – alguém apanhava os primeiros. Antecipando-lhe os gestos, uma filha lacrimosa procurava brincos adequados, enquanto outra lhe trazia o relógio e colocava em seu pulso. Um dos filhos que a acompanharia foi à própria casa, no andar de cima, trocar de roupa. Raimundo, o Dinho, que estudava em Salvador e chegara naquela manhã, iria com a roupa do corpo.

Muita gente já se aglomerava no portão da refinaria e os três iam passando em ziguezague por entre as pessoas. Não havia pressa, mas alguma ansiedade os fazia elevar os olhares acima das cabeças à frente enquanto andavam. Aos pedaços, o relato do acidente ia chegando à família, narrativa que ora repetia-se, ora avançava com mais ou menos exageros:

– ... aí o óleo subiu num rojão e torou o braço do cabra! Foi aquela misturada! Era preto, era vermelho, era preto, era vermelho...

– ... diz que tavam futucando o lugar de sair o óleo, e aí...

– Parece que ele foi dar a mão pra socorrer o camarada...

– ... a segurança é mínima...

Cruzaram a portaria e caminharam até a recepção. Lá, o clima não era de curiosidade, espanto, ou dúvidas: era o desespero. O funcionário de Serviço Social, após ler a lista de nomes dos mortos – foram cinco –, informava que a empresa já havia providenciado o traslado dos corpos para o Instituto Médico Legal.

Ao ver D. Ismênia e os filhos chegarem, uma velha veio ao encontro deles, deixando o marido e as filhas para trás. Braços abertos, lágrimas em profusão.

– Ninha, ô Ninha! – clamava a D. Ismênia, olhando para cima e balançando a cabeça negativamente. – Nossas *criança*, Ninha! Nossas *criança*!

D. Ismênia estacou e os filhos a ultrapassaram pela primeira vez, indo buscar mais informações. A anciã a abraçou, desabando a cabeça e o pranto sobre seu peito: – Ô Ninha, nossas *criança*... nossas *criança*... – repetia e repetia.

– Mas isto não é justo, minha mãe – ponderava Iara, uma das filhas.

– Não. Já disse. Esse povo que fique lá com seus batuques. Eles têm a religião deles, e nós temos a nossa.

– Concordo com mamãe – disse Dinho, apoiado por outra irmã. – Será que nem da alma de Roberto saberemos cuidar?

– Gente, vocês não estão sendo sensatos – insistiu Iara e, virando-se para a mãe: – Eu também acho, mamãe, que nós e as pessoas do Maiangê somos de religiões diferentes, mas a *nossa* religião não era a de Betinho, e sim a *deles*.

A discussão ocorria na manhã do sepultamento, numa acanhada sala fornecida pela administração do cemitério. Roberto era Tata de um Terreiro de Candomblé, um auxiliar direto da mãe-de-santo, cargo que exercera muitos anos e com dedicação. O Terreiro Munzo Maiangê enviou uma delegação para comunicar à família a necessidade de realizar alguns rituais para o falecido. Não disseram quais, mas o que fosse precisaria obter a permissão de sua mãe biológica, tanto quanto da orientação da mãe-de-santo. Iara, que passou a ser a filha mais velha após a morte de Rosa, era a mais próxima do finado Carlos, seu pai, como também de Roberto. Além disso, era naturalmente conciliadora.

Quando, por fim, D. Ismênia foi convencida, todos saíram. Eram sete horas da manhã. Uma das filhas de D. Pureza, a velha chorosa do dia do acidente na refinaria, vinha à frente da comitiva religiosa – seis pessoas: três homens e três mulheres, duas das quais serviam café, cuscuz e mingau, na entrada do cemitério, oferecidos pela comunidade do Terreiro. "Até aí, tudo bem!" – dissera um dos irmãos de Roberto, ao saber da oferta. A comida franca atraiu gente de vários outros velórios.

A sala onde repousava o corpo do petroleiro morto estava vazia e a quietude se espalhava pelas demais dependências do cemitério. Nos banquinhos de madeira à frente daquela sala, pessoas recostadas em colunas e paredes ainda dormiam o sono começado às altas horas, após muitos *causos* contados. Ocupando um dos bancos, quatro emissários do Terreiro Munzo Maiangê aguardavam, pacientemente, o veredicto da família. Àquela hora, e desde as 5h 30, eram os únicos guardiões do morto. Levantaram-se, quando a família se aproximou.

– Podem comunicar à mãe de vocês que, quando precisarem, ajudaremos no que for possível – comunicou D. Ismênia.

Todos cumprimentaram a mãe do seu irmão-de-santo e Iara, a quem tinham como cúmplice. Já iam saindo, quando a senhora ainda disse:

– Vocês estão indo ou vindo da feira?

O grupo parou, entreolhando-se surpreso, ao que ela apontou para a sacola na mão de um deles.

– Ah! Estamos voltando. Nós fomos cedo – explicou a líder do grupo.

– É que preciso avisar a Seu Matias das Cabras a hora do enterro, mas eu mando um dos meus, obrigada – completou a senhora, observando o grupo se afastar com suas roupas alvas, "brancas como a morte... como a transcendência", foi o que seu filho, um dia, tentara lhe explicar.

Ao passarem apressados pelas moças do café, uma delas chamou alguém da comitiva.

– Dandeji! Como foi lá?

Um homem de uns 24 anos regressou até elas e informou sorrindo:

– Tudo bem. Ela disse que, *quando* precisarmos, eles ajudarão no que for possível.

Deixou as moças com igual sorriso nos rostos e voltou rapidamente para se incorporar à comitiva, sendo repreendido pelos demais que não interromperam sua marcha. Até a hora do enterro, para alívio de D. Ismênia, ninguém foi fazer qualquer ritual e ela julgou que o bom senso havia prevalecido lá entre eles...

Tata Dandeji passou parte da noite anterior ao enterro treinando as cantigas que conduziriam o caixão até o túmulo. Nunca havia feito isso e seguiu à risca a orientação de um mais velho quanto ao ensaio. Pode, mas seja reservado. Já em casa, trancou-se no banheiro e pôs-se a zunir as cantigas para uma noite paciente. Entretanto, apesar de seus esforços de pronúncia *da língua*, de seu preparo, quando o caixão saiu, seu canto não passou da primeira fase:

– Tambo Wafa... – logo foi interrompido por um coro de vozes femininas e provectas:

– Segura na mão de Deus! Segura na mão de Deus... – cantaram, com força, D. Ismênia e outras beatas da paróquia.

O jovem encheu os pulmões preparando-se para a disputa, mas o olhar de outro Tata conteve seu ímpeto e Dandeji expirou, devagar, o seu desapontamento. Sentiu-se vingado quando alguns Inkisis incorporaram em filhas e filhos-de-santo que acompanhavam o cortejo. Kaiango, Kavungo, Inkosi, Kitembu... Para ele, foi como se aquelas sérias e silenciosas presenças, com seus olhos fechados e seus pés descalços, entoassem os cânticos que ele desejava e pairassem sobre todos, acompanhando o cortejo até o seu final.

Um dia após o sepultamento, alguém se lembrou de Vovó Juca, a avó do falecido marido de D. Ismênia. Em meio às tristezas e demandas que uma morte exige, ninguém se lembrou de dar à velha Juanina uma importância maior do que a que lhe era reservada no cotidiano: a comida e a bebida depositadas na mesa da sala de sua minúscula casa, nos fundos da principal. Pratos e copos recolhidos e lavados logo após o uso. Uma rotina imposta, de certo modo, pela própria anciã. Vovó Juca, mais reclusa que nunca, já arrastava com dificuldade seus 96 anos e estava ainda menos disposta a contar histórias no tamborete da porta de casa, seu horizonte, e "de onde ainda se vê o céu". Em verdade, aquele esquecimento era porque sabiam que ela sempre estava a par das coisas à sua volta, com opiniões sinceras sobre aquilo que apreendia – o que poderia ser, inclusive, motivo para não se querer ouvi-la.

A casa de D. Juca, agora um apêndice da principal, era a construção mais antiga daquele terreno e assistiu às moradias se expandirem para os lados e para cima em torno dela. Foi na porta da casinha que Iara, encarregada de dar a notícia, encontrou a bisavó. Ali, onde transbordava suas reflexões pelo olhar, pelas raras palavras, pela fumaça do cachimbo. Como todos faziam antes de falar com a anciã, Iara aguardou alguns instantes em silêncio. Ninguém jamais questionou a origem deste ritual nem seu significado. Quem chegava simplesmente ficava em silêncio, como a esperá-la, talvez, retornar de algum lugar desconhecido. Quando julgou conveniente, Iara falou baixinho.

– Vovó... Betinho... – e emendando a pausa da bisneta, ela disse mornamente e olhando para o céu:

– Foi pro sererê... – é o que sempre pronunciava quando lhe contavam de algum falecimento. Após tantos anos, Iara achou que era o momento de perguntar sobre isso.

– Sererê, Vó?

D. Juca pitou o cachimbo e suspirou com a fumaça:

– ...é lugar de quem nunca veio... pr'onde vai quem nunca *vorta intero...* – e não falou mais naquele dia.

A missa pelo sétimo dia de falecimento de Roberto Luz coincidiu com o início das cerimônias fúnebres – Mukondo – consagrando o 21° ano de morte do Tata Inkisiani Sinésio Diangongo, sacerdote que fundou o Terreiro Munzo Maiangê. Seriam sete noites. Dinho retornara da Capital e, ao saber das atividades religiosas, comunicou à mãe a decisão de ir ao Terreiro do irmão em uma daquelas noites. A natureza dos ritos não o amedrontou, até aguçou seu interesse. Iara, a mediadora, não poderia acompanhá-lo, mas nada a temer: ele já notara a grande disposição que a gente do candomblé tinha para a paz.

– O que você perdeu lá? Você parece que não crê nem mais em Deus, quanto mais naquelas entidades, reagiu a mãe.

– Se o espírito de Betinho pode baixar lá, alguém da família deve estar presente... quem sabe não tem algum recado pra nós – retrucou Dinho, num misto de ironia e desafio.

Sendo o caçula, Dinho foi o que menos vivenciou os conflitos religiosos entre a família e "o povo do Maiangê", como D. Ismênia referia-se à comunidade do Terreiro. Tais conflitos foram agravados com a iniciação de Roberto, levado ao Terreiro pelo próprio pai, Seu Carlos. O patriarca da família Luz frequentou por quase três décadas aquele Terreiro, sem ter tido coragem de iniciar-se, pondo em risco o namoro ou, depois, o casamento. Quando o filho mais velho, ainda menino, demonstrou gosto pela religião, ele festejou consigo mesmo. Dez anos depois, Roberto iniciou-se e Seu Carlos, que costumava dizer que morreria feliz "só por isso", faleceu quatro meses após a iniciação do primogênito. *Tata Wizanvulá.* Foi como Seu Carlos chamou o filho, do dia da Confirmação até a sua própria morte, abolindo o nome Roberto Carlos, como o seu. No íntimo de todos os parentes, com uma ou duas exceções, habitava um ciúme pelo fato de a comunidade de Terreiro ter conquistado os dois "principais" homens da família, na época.

Dinho crescera em meio a esse enredo. No entanto, o ambiente universitário da Capital e, sobretudo, as reflexões que chegavam até ele, suscitadas pelo Movimento Negro, não lhe permitiram exacerbar, como os demais parentes, os sentimentos de antagonismo em relação ao Terreiro Munzo Maiangê. Mas daí, à crença...

Anoitecia. Embora nunca houvesse entrado no Maiangê, Dinho sabia onde ficava o Terreiro. Às vezes era preciso parar numa ou noutra casa para receber condolências.

– Sua bênção, D. Roxa.

– Ô, meu filho! Deus que lhe abençoe! Diga a sua mãe que eu tô *muuuito* sentida, viu?

E mais adiante:

– A bênção, D. Guilhermina.

– Deus que lhe dê saúde, meu filho! Meus *pesmes*, viu? Ó, diz pra Ninha que eu num fui na missa, mas que amanhã eu passo lá. Eu num ando muito *católica* com esse padre *muderno*, não... – justificou-se.

Pelas ruas calçadas, sinuosas e íngremes que seguia, Dinho era empurrado por pensamentos e sentimentos díspares. *"Há 30 anos isso aqui deveria ser um brongo só! E aquele pirralho ainda vinha acompanhando o velho broco... Haja fé!" "... mantiveram seus sistemas religiosos sob tanta adversidade!" "Não custa agradecer pessoalmente..." "Será que aqueles feiticeiros adivinham que estou indo lá?" "Acho melhor voltar daqui..." "Mas eu quero ir...".* Para além da curiosidade, movia-o um tímido desejo de conciliação, um estranho sentimento de gratidão que, longe da mãe, batia as suas asas incertas.

O vento soprava em seus ouvidos, como se também quisesse dizer-lhe algo. Após dobrar uma esquina, seu coração deu saltos. Um batuque surdo chegou até ele e, olhando para o final da rua, à esquerda, divisou as copas das árvores do Terreiro, em contraste com os muitos telhados fora do espaço religioso. O som que lhe chegava crescia em volume e acelerava seu coração. A dez metros da porteira do Maiangê, conseguiu controlar-se, mas quase ao pisar no batente do grande portão foi novamente surpreendido. Um homem, que não percebeu sua aproximação, arremessou um punhado de farofa branca para a rua e, como ele estava bem atento, pôde desviar-se sem ser atingido. Acompanhando o senhor, um rapaz com outros recipientes na mão. Por um breve instante o homem o olhou – Dinho teve a impressão de que com discreto contentamento – e logo continuou a atividade, derramando outras porções na rua. Objetivos e calados, os dois viraram-se e retornaram para o salão. Dinho não os seguiu imediatamente. A dúvida, senhora dos seus passos. E agora? Pareciam tão ocupados... Quem sabe voltar outro dia? Fingia observar as árvores ou a rua enquanto decidia o que fazer.

Quinze metros separavam a porteira da porta ampla do barracão, que estava totalmente aberta e, por ali, o Mukondo derramava na noite as suas melodias. Todos viram, portanto, quando o homem de camisa vermelha e calça bege adentrou o Terreiro, mas nem todos acreditavam no que viam. Ele se posicionou na janela e ficou observando o ritual. Algumas senhoras, com os olhos arregalados, juravam estar vendo o finado

Roberto. Dinho realmente guardava muita semelhança com o irmão.

– Cruz credo! Até eu achei que era – disse uma senhora ao cruzar por outra, aliviada do susto.

Várias coisas o colocavam em destaque, a começar pela novidade da sua presença. Nenhum dos outros filhos de Carlos jamais havia cruzado aquela porteira. Como todos os participantes da cerimônia estavam dentro do barracão e vestidos de branco, aquele homem na janela parecia um incômodo foco de luz. Dinho, em certa medida, previu e preparou-se para aquele estranhamento e, assim, permaneceu comodamente como espectador, resistindo a dois convites para entrar e sentar-se. Entretanto, foi polido.

– Não, obrigado. Eu já vou me retirar.

O som que ouvira ainda na rua vinha do centro do salão. Sentados de frente para a porta, dois homens tocavam palhas em potes de barro e outro batia numa cabaça com duas varinhas. À frente deles, homens e mulheres revezavam-se dançando. Vinham, cada um à sua vez, de diversos pontos do salão, regressando para seus assentos nos grandes bancos de madeira – algumas poucas pessoas ocupavam cadeiras de alto espaldar. Havia quem dançasse inquieto com aquela presença na janela, olhando de canto de olho para confirmar que não era uma visagem, esperando ver apenas a noite e mais nada.

Dinho estava intrigado, pois esperava ver uma mesa, com as pessoas em volta, de olhos fechados e mãos dadas, emitindo preces e invocando espíritos de pessoas falecidas. Para ele, o ritual espírita encarnava o padrão de comunicação com os mortos. Em vez disso, via o que lhe pareceu uma festa... Mas havia uma sobriedade no ar, apesar de alguma conversa, dos risos, da dança. Ele percebia certa reserva no comportamento das pessoas, que distinguia aquela cerimônia das outras que já vira em Salvador, acompanhando colegas e professores universitários a Terreiros famosos. Diferentemente do gestual tranquilo das pessoas mais idosas, ele observava que as mais novas traziam uma leve aflição nos movimentos. Entretanto, cantavam. O solo era de uma voz feminina que Dinho não via de onde vinha.

– Mukondoiô Tata Kamukondoiô...

Pensou em Mãe Nesinha, filha de Sinésio Diangongo e atual responsável pelo Munzo Maiangê. Fixou o olhar em duas mulheres gordas, tentando adivinhar qual delas seria a líder do Terreiro e lembrando o livro de um pesquisador sobre candomblé: "As Iyás... mulheres fartas, com seus grandes óculos quadrados e suas filhas-de-santo em volta da saia". *"Mas onde estavam os mortos?"* Também se perguntava, correndo o barracão com olhos em busca de algo sobrenatural. Uma mão tocou seu braço e ele se assustou. A senhora sorriu-lhe amável e disse:

– Você não é o filho de Carlos? Vem. Tá chuviscando e a Neengwa Lundwemim pede pra você entrar – falou, apontando alguém dentro do barracão. Sentada numa cadeira, estava uma velha magra como sua mãe, porém um pouco mais alta, de olhos graúdos e rosto sereno. Sorrindo e sem parar de cantar, a sacerdotisa fez um discreto aceno com a cabeça, indicando a fileira de homens à direita do salão.

Dinho ia repetir sua recusa para a senhora ao seu lado, quando ouviu, tinha certeza, o nome de seu irmão falecido. Voltou o olhar rapidamente para D. Nesinha, esperando que repetisse o nome de Roberto. Ela não o fez, e seguiu entoando cantigas que ele não entendia, mas de onde, por vezes, emergiam nomes familiares, como o do finado Ladu, do Terreiro da Serra.

Dinho já se deixava impressionar pelo que imaginava ser o sentido daquela liturgia, e achou melhor ir embora. Queria se distanciar dali, do mesmo modo como as vozes das pessoas lhe pareciam fazer... Ele, porém, não conseguia mover-se, pois o que via retirava de si toda a ação: o homem que dançava diante dos potes era Manoel Carvoeiro, morto muitos anos atrás! Dinho não lhe via bem o rosto, e logo já não estava certo de ser quem pensava. Sem voltar-se para a porta, o homem encerrou sua dança e cedeu a vez a uma velha toda envolta em um largo xale de pano ao pescoço, toda curvada sobre si. Dinho não pôde refazer-se do primeiro susto, pois, mesmo que ela estivesse de costas, não tinha dúvida de que a conhecia... Quando acabou sua dança, a velha voltou-se e lhe sorriu. Aquele riso, sempre tão raro e atraente, lhe fez dar um passo atrás, espantado. Era sua bisavó Juca! Recuando um pouco mais, se expôs à chuva. Várias sensações o arrebataram. Suas vistas turvavam e sentiu a pressão de uma mão sobre seu braço aumentar, amparando-o. Faltava-lhe o chão. As gotas de chuva arremessadas em seu rosto compunham a sua última sensação consciente, que lembraria para o resto da vida. Seu corpo rodopiou e, nele, Kaiango veio à terra pela primeira vez.

Domingo

Naquela manhã, mamãe acordou de mal com as palavras. Quando saímos do quarto, cada um a seu tempo e ritmo, já a encontramos muda. Ou quase. Era domingo, dia em que mais cantarolava, e sua introspecção nos deixou intimamente em estado de alerta.

Durante o café, meu olhar interrogava os quatro menores, que me davam de ombros. Tuninho, o mais novo, de seis anos, além dos ombros, mostrou-me as palmas das mãos, o lábio inferior e arregalou os olhos em negativa. Mamãe, vindo da cozinha, o surpreendeu no exagero deste gesto, mas, graças aos seus chinelos, encontrou os demais com olhos fixos no pão que ia do prato à boca. Papai não estava conosco, pois dobrou o turno de trabalho, e só chegaria à noite. No seu lugar, a mudez sentara-se à mesa. E poderia ter feito uma ceia farta...

Ao longo do dia, tentando decifrar aquela hóspede incômoda, fazíamos retrospectivas do nosso sábado. Eu, com quinze anos incompletos, dirigia os interrogatórios. No fundo, não esperava revelações das minhas irmãs e irmãos. *Aquele* silêncio era absolutamente estranho a todos nós. Um silêncio quase sem pausas, sem resmungos. Feito somente de respiração.

Poucas coisas a deixavam tão assim: para si mesma, e nenhuma delas, que lembrássemos, havia acontecido. Não havíamos brigado a ponto de bater um no outro, nenhum vizinho se mudara deixando dívida na sua quitanda nem papai se atrapalhara na compra de mantimentos para a casa, ou roupas e sapatos para nós. Aliás, estas confusões eram o que mais faziam mamãe zangar-se – e calar-se. Eu imaginava que por causa do constrangimento de ir trocar os alimentos, ou pedir à costureira vizinha que acrescentasse nesgas nas roupas, fazendo-as caber em algum de nós.

Nada disso ocorrera, entretanto, e ainda que houvesse ocorrido, o silêncio daquele dia era maior que tudo. Seria preciso ter acontecido todas aquelas coisas juntas para que as palavras sumissem, como sumiram. Desde que viemos da Bahia, foi a primeira vez que me senti numa casa estranha, numa cidade estranha. Eu tinha certeza de que papai resolveria aquele enigma. Mas a que horas ele chegaria? Naquela época, o Recife sendo bem menor que hoje, do Pina até o Engenho do Meio era quase um Capibaribe!

O fim de tarde na "avenida" de pequenas casas onde morávamos – na verdade um beco sem saída – foi quieto, como sempre, mas achávamos que a culpa estava em mamãe; que sua mudez, não se contentando em ocupar toda a nossa casa, saíra à rua, calara o mundo e, por isso, a noite chegou sem ruídos.

No quarto havia dois beliches. Uma das camas de cima era só minha, a outra, da irmã logo depois de mim e do caçula. A irmã e o irmão do meio, que ainda faziam xixi na cama, dormiam nos leitos de baixo. Aquela visita inesperada e misteriosa nos arrastou mais cedo para o quarto, e cada um de nós teria uma nova companhia ao dormir. Pedacinhos de silêncio.

Eram 23h 45. O que me assustou mais não foi ter sido acordado diante daquela luz acesa, e sim estar ouvindo a voz de mamãe novamente. Ela sacudiu levemente minha perna e chamou meu nome, até me ver sentado na cama protegendo os olhos da claridade. Fez o mesmo com todas as crianças.

Nem o rumor de tampas e panelas sendo mexidas, que nos chegava da cozinha, nem o estrondo das duas frases que mamãe iria nos dizer eram, naquele momento, mais importantes para mim que a sua própria voz. E quando ela acordou o último de nós, sumiu no corredor, retornando alguns segundos depois com três crianças pela mão. Parou na porta do quarto e disse:

– São seus irmãos. A partir de hoje, dormem com vocês.

E saiu do quarto, fechando a porta entre ela e nós.

Aos poucos, fomos tirando aquela mudez de debaixo dos nossos lençóis. Cochichando, eu acalmava os menores, lembrando que éramos sempre solidários com as pessoas, e daríamos um jeito de acomodar os pequenos no quarto.

Mas custou fazer dormir a queixa de que papai poderia ter avisado...

Um amor na diagonal

Para Tadi

Assim que o ônibus entrou na longa avenida, Kinda suspirou. Saíram do engarrafamento. Agora vinha aquela estrada sem curvas, como estava a sua vida, e o vento tedioso que a afrontaria. Nada a fazer. Logo dirigiu seus pensamentos para suas contas, listando despesas, valores, vencimentos, ticando os pagamentos com seu lápis imaginário. Parecia que desta vez o salário não acabaria antes do mês. Nem os solavancos do ônibus misturavam as parcelas das suas operações, e ela ansiava por chegar em casa e colocar tudo no papel. Para essa tarefa prazerosa, rejeitava a fria distância do computador. *"Maquinazinha metida à besta!"*, dizia um tio seu. Tão absorta estava Kinda nos seus cálculos que não se conteve quando a mão da senhora ao seu lado segurou seu braço com uma firmeza trêmula e sussurrou como uma prece:

– Meu Deus, um assalto!

– O quê?! – gritou Kinda, apertando a bolsa intuitivamente contra si. *"Minhas contas!"*, pensou.

O homem armado e em pé junto a ela reagiu.

– Que baixaria é essa aí, beleza?

– De... de... desculpe, moço... Eu não... não ouvi.

– Ah, não? E cê tava onde, que não ouviu? Ô, parceiro, repete aí o comando que a bonita aqui não se inteirou.

No fundo do ônibus, outro homem interrompe sua ação e anuncia com pompa._

– Senhoras e senhores, me quereis escutar, isso é uma abordagem civil com coleta de pertences, pois não? – repetiu o companheiro, e retomou seu trabalho, sob o riso dos colegas.

– Ouviu agora, excelência? *Três vezes*, tá bom?

"Não. Fica aí repetindo", pensou Kinda, já refeita do susto inicial. Ela tinha pavio curto, e passou a reagir mentalmente às provocações.

– E pode ir folgando essa bolsa, princesa! Não sabe que é feio segurar assim o que né seu?

"Vou dar é com ela na sua cara!"

Pensar no salário que acabara de receber, nas contas que ficariam pendentes, na cobrança dos credores, trazia-lhe uma raiva quase verbal. Não seria difícil imaginar suas mãos no pescoço de um daqueles caras. Era só fechar os olhos...

Kinda persistiria naquele embate, não fosse algo que a arrastava dali: a familiaridade da voz do homem que recolhia os objetos. Isso a carregava para algum lugar que ela ainda não identificava. Aquele timbre... aquele jeito tranquilo e rebuscado de falar em situações de perigo... Aos poucos, a figura de um colega de ginásio foi se definindo. Assaltante? Adalberto era um dos melhores da turma!

– Tudo de valor, quereis, por favor, depositar neste recipiente – dizia mostrando a sacola. – Poderei *os pegar* em vosso colo, se quiserdes...

"Quiserdes! Era Adalberto!" Kinda quis levantar de euforia. Ele foi a única pessoa na vida de quem ela ouvira essa conjugação. "*E aquele uso do pronome era... Próclise! Ele gostava de próclises!*"

– Mesmo quando não encaixa, eu uso, disse ele certa vez. Eu acho bonito...

Incontida, Kinda tentou se certificar, sem que seu olhar fosse além do revólver reluzente à altura do seu rosto.

– Eu só queria... tentou justificar.

– Todo mundo aqui quer a mesma coisa, mas é na ordem, entendeu? Na forma da lei... Riu, o homem. Agora fica quietinha aí esperando sua vez.

"Esse idiota vai ver quando ele me reconhecer...". Kinda retomava seus protestos. Contudo, do mesmo passado que lhe deu autoconfiança veio uma dúvida preocupante. Não foi ao Adalberto que ela havia negado pesca de matemática numa prova final? E concluiu decepcionada: Sim! Então seria isso? Ele perdeu o ano, se revoltou com a escola, e virou bandido? Não se lembrava de tê-lo visto no ano seguinte... Ia por água abaixo sua chance de ser liberada do assalto. Ele teria até razão de não a perdoar...

Se a constrangesse ali mesmo, se lhe retirasse todo o dinheiro, não seria demais... Por instantes, seu remorso a fez esquecer as contas e as coisas de valor que perderia. Ela quis sumir. O ex-colega se aproximava, mas com ele acabaram vindo *flashes* de lances afetuosos entre os dois... A imagem de um quase-beijo raptou seus pensamentos e os levou ao encontro de emoções recuadas no tempo. Os assédios do colega e o *frisson* que os acompanhava rondavam a mente e a pele de Kinda outra vez. Ela sorriu para aquela sensação boa e única, que adormecia a espera de um doce acaso que pudesse ser facilmente tomado como a própria voz do destino. Para sua decepção, o afago dessas memórias trouxe a figura de Maria... A razão de Kinda para negar ajuda a Adalberto naquela prova. Maria, alegre menina que chegara em tranças e búzios, no segundo semestre. Maria, a quem vira de bracinho dado com ele pra lá e pra cá, vendo-os até saírem juntos da escola. Certa vez – por ciúmes dela, sem dúvida! – ele quase briga com um colega. A namoradinha dele... "*E ainda vinha com bilhetinhos!*" Estas lembranças deixaram Kinda furiosa. "*Cínico, imbecil! Deixa ele chegar aqui!*", ameaçava, se ajeitando impaciente no banco, esquecendo a sua condição de refém e mesmo o remorso que há pouco a deixara tão comovida.

Ela nunca atendeu aos convites para se encontrarem completamente a sós e, sentindo-se vingada por isso, aos poucos se acalmou. Reminiscências mais amenas continuaram a assomar, pedindo passagem para atenuar sua revolta, como o modo dele de codificar os bilhetes que lhe enviava, ludibriando a curiosidade dos amigos de ambos, ou ainda como o gesto de pôr levemente a mão na perna dela e Kinda sempre tirá-la. À época, a familiaridade dele ao tocá-la a assustava. Reagia menos ao gesto que à naturalidade de Adalberto – ou, no fundo, aos seus próprios desejos. E desses tempos vieram a coragem e a tranquilidade para abolir sua condição de vítima ao ver a sacola à sua frente. "*O relógio, senhorita. O coloque primeiramente.*"

– Por que não *o pega* você mesmo – disse, olhando-o fixamente.

A senhora aumentou a pressão sobre seu braço, numa tentativa de frear a rebeldia da moça, e, antes de o homem em pé ao seu lado soltar um palavrão, o parceiro falou:

– Kinda?!

Adalberto agachou-se junto a ela.

– Kinda, que é que cê tá fazendo aqui?! – perguntou mais baixo.

Ela tirou a mão dele da sua perna.

– É um transporte público, não? – disse irônica. – E você, o que faz? Ah, estou vendo...

– Tô na correria, né? – falou sem se constranger e passou a sacola ao companheiro.

– Dá o *baculejo* aí pra mim, Maresia.

Não eram imagens esparsas que iluminavam a mente de Adalberto quando olhava para Kinda, e sim breves *trailers* e suas trilhas...

"a minha vida e a tua se encontram na rua/ á sóis

... toda dureza da vida se dobrando.../é nóis

Cuidando dos filhos, vencendo o racismo, seguindo nos trilhos perto do ser feliz..."

Sempre encantado por Kinda, ele comenta sobre o cabelo dela, antes tímidos e alisados, em contraste com o pixaim que orgulhosamente ostentava.

– Já você... – diz ela, notando a ausência do seu enorme *black power*.

Ele passa a mão pela cabeça.

– Pois é... Nessa atividade, é bom ser discreto – disse rindo e piscando o olho, gesto peculiar. – E vira-se para dar pressa ao parceiro. – Falta muito, aê, Maresia. *Demorô*!

Conversaram apressadamente sobre suas vidas e, por vontade dela, chegaram ao episódio da pesca... Fingindo pedir uma borracha, Adalberto se agachou diante dela. Aqui, no ônibus, ele insistiu no toque displicente em sua perna e ela deixou. Anos atrás, não só reagiu à insistência dele, como teve vontade de esbofeteá-lo com o caderno. Porém, escreveu algo num papel, e entregou junto com a borracha e um singelo sorriso. Ele deu uma piscadela, e voltou pro seu lugar. Ao abrir o bilhete, estava escrito: *"Respostas: pergunte a Maria!!!"* Ela desculpou-se, e Adalberto a tranqüilizou: *"Que nada. Não perdi o ano, nem desisti de ser arquiteto"*. Riram de tudo e ele confessou nunca ter entendido por que sua irmã saberia as respostas, se era uma série anterior à deles. *"Irmã?!"* Kinda nem teve tempo de expressar sua surpresa. Repentinamente, ele ficou sério e lhe murmurou uma ordem.

– A bolsa. Passa a bolsa.

A longa avenida estava chegando ao final e eles tinham que partir. Kinda achou que não era com ela, porém os olhos de Adalberto repetiram a ordem na sua direção. *"Anda, a bolsa!"* Ela não se intimidou com o sisudo semblante do colega e fez menção de levantar-se em reação. Ele piscou o olho. *"Tô brincando..."* Aos outros passageiros, Adalberto realmente ofereceu uma face enérgica.

– Todo mundo baixa o cucurute, aê! Vumbora! Vumbora! Olho fechado e cabeça baixa! – gritou com a arma para o alto.

Antes de sair, Adalberto enfiou um bilhete na bolsa de Kinda, que ela deu um jeito de ler, sem dar na pista. *"Que maluquice! Tanto risco pra ele e pra mim..."*

Um coro de vozes e reações desencontradas tomou conta do ônibus. Os olhares do coletivo, no entanto, fuzilavam a moça de modo quase unânime. A mão da velhinha ao seu lado, que lhe apertara o braço, agora a afagava; semelhante avó.

– Não ligue, querida. Quem não deve não teme. Cada um tem seu destino...

Kinda, de fato, não ligava para os olhares ameaçadores, sequestrada pelas recordações...

Na delegacia, ligações influentes de alguns passageiros forçavam uma investigação. Mesmo com todas as expectativas apontadas para ela, Kinda colaborava o mínimo:

– Senhora Kain...Kian...

– Kinda Kintê de Souza.

– Obrigado. A senhora é amiga do marginal?

– O jovem é um ex-colega de escola.

– Sabe onde o meliante mora?

– Não via o rapaz desde a escola. Nunca soube onde ele mora.

Kinda foi surpreendida pela cobrança do bilhete. O motorista havia notado, pelo retrovisor, o gesto de Adalberto. *"Eu falei que era maluquice..."*

– Se colocou, não percebi – e da bolsa revirada, por alguns segundos de encenação, ela retira o papel amassado e o entrega sem demonstrar a sua apreensão pelo destino do rapaz.

"Diagonal 90 15h 50", o delegado leu para si mesmo. Seus olhos azuis sorriram por cima das grossas e embaçadas lentes dos óculos.

Kinda não queria preocupar a família, mas era quase noite, e pediu que fosse buscá-la. O plantonista liberou os demais passageiros e aguardou a chegada da mãe da moça, que ele fez questão de tratar por *colega*, para ressaltar a sua própria formação. Ainda aproveitou a presença da bela mulher – Ouvidora! – para sacudir seu jargão empoeirado e honrar a Ciência do Direito. Afinal, ele também era bacharel! Em poucos minutos as duas partiram.

Durante um trajeto silencioso, Kinda entregava à noite sua angústia, junto com as poucas perguntas feitas por sua mãe. Logo Adalberto poderia estar preso... A afeição pelo colega emergia dentro dela. Era um desses sentimentos que precisam de quase nenhum pretexto para ganhar vida e densidade. Um temor, uma aflição a mais, e pronto! Quer-se a lembrança de alguém morando na redoma da gente.

Tomada por um arrependimento tardio, Kinda se maldizia e disparava contra si. "*Burra! Como fui burra! E ciumenta...*" E agora? Como encontrá-lo? Por mais que se esforçasse, não conseguia decifrar a mensagem de Adalberto, e aquela incógnita permanecia acesa. A polícia, ao contrário, chegara rapidamente a uma conclusão.

– Ô, Macedo! – gritou o delegado para o auxiliar. – Descobriu algum endereço?

– Positivo, respondeu o outro. – Av. Diagonal, 90, não existe, não, doutor, mas o 1550 é uma escola estadual... Sentido aeroporto.

Concluir pela inocência de Kinda não era tão ruim. O meliante parecia bem ousado e certamente iria ao encontro da moça, que não tinha como avisá-lo da ratoeira. O delegado, entretanto, não deixava de imaginar como seria divertido pegar os dois pombinhos pretos com a boca na botija, enroscados no seu ninho...

Em casa, o irmão de Kinda defendeu Adalberto, por quem ele também fora interessado. "*Bandido? E daí? Nossa escola não tinha o nome de um? Roubava pros seus, como Adalberto.*"

– Mas naquele ônibus não havia ninguém pra lhe dar cem anos de perdão...

O delegado acordou cedo. Queria acompanhar pessoalmente duas operações naquele dia. Uma delas era a da escola. O dia avançava.

Kinda foi arrancada da cama pelo enigma que se desvelou. Ainda flutuava pela casa guiada por uma certeza trôpega. Coçando os olhos, bocejando sonâmbulos restos de sonhos e senhas, caminhou direto ao relógio de parede da cozinha. Ajustou-o para 15h 50min. Leu os ponteiros no sentido inverso e acordou definitivamente. Olhou, apressada, seu próprio relógio: 9h 30 min! Uma hora depois, Kinda estava em um ônibus indo ao encontro de Adalberto. *"Só pode ser isso!"* Passando pela Avenida Diagonal, ela viu a antiga escola deslizar outra vez para o passado, e pediu o ponto. O ônibus parou bruscamente.

Cada friozinho na barriga que acompanhava a leitura dos bilhetes juvenis agora vinham, em conluio, contrair o estômago de Kinda em calafrios, mal entrou na Rua Luís Gama. Ainda que estivesse certa, Adalberto poderia não ter esperado, ou sido morto em outro assalto. Aquele desconforto a seguiu até a casa, bem no fim da rua, diante da qual ela parou plena de dúvida e esperança. Para ali sua vida apontava. Perpendicular. E o incômodo que a perseguiu teria mesmo entrado com ela se, do jardim, um lindo sorriso grisalho não o afugentasse.

– Kinda? Adalberto está te esperando lá em cima, na laje.

Outra avenida se abria dentro dela... Parecia infinita e a alma de Kinda vacilava. Cada passo acordava presságios, como se alguém num próximo cruzamento fosse roubar o futuro dela para si, como se algo numa próxima curva fosse lhe reclamar eternidade. Ao pé da escada, o pequeno cão ladrava, talvez, em sinal de alerta, mas os degraus cresciam numa onda verde que lhe acelerava os batimentos e a convidava a seguir em frente.

A movimentação de policiais, nas imediações do número 1550 da Av. Diagonal, rondava um impasse: a direção da escola se opunha à entrada dos agentes. No meio da tensa negociação, viaturas escandalosas assumem o cerco. Decididos a "explodir a ratoeira", policiais entram pelos fundos. Uma ação "*precipitada e por conta própria, que vai ser rigorosamente apurada*", se esquivaria o delegado em entrevista.

Kinda encontrou Adalberto desarmado sobre um velho sofá e era visível que ele também chegara de becos e vielas de vacilações. Não se furtaram em falar sobre tudo que, em suas vidas, se ergueu como paralelas. Contudo, renderam-se aos riscos de um novo plano, e o que sobrou de dúvidas, o que sobrou de temor, eles entregaram nos braços das horas.

Naquela tarde, enquanto o medo gritava pelos pavilhões, interrompendo aulas e agitando alunos, enquanto a indignação emergia como termo inverso de uma equação pela vida, próximo dali, o amor em diagonal ia excedendo a história, num firme e oblíquo traço de esperança.

A liberdade contra o peito

Para Akins, Allan e Subverso. Para Cuti

Até hoje não sei se era por medo ou por respeito, mas as gotas de suor evitavam a cicatriz no rosto de Joel. Um suor nascido do nosso desespero, porque chovia muito. Talvez até fizesse frio. A vingança nos abriga do mundo, e só nos dá direito a janelas estreitas e embaçadas para enxergar nossas próprias sensações. Ela também nos impulsiona. Nós íamos apressados.

– Segura isso aí, guri, segura isso aí. Se cair, *nós tamo ferrado* – dizia ele de vez em quando.

Joel não falava alto. Na verdade era quase um sussurro, mas o nervosismo da situação fazia daquilo um grito. As advertências pressionavam nossa arma contra meu peito, aguçando meu estado de alerta. Entretanto, era aquele "guri", trazido por ele do sul do país que me deixava mais tenso e irritado. Embora calado. *"Pô, esse cara tem a mesma idade que eu!"*, reclamava em pensamento.

– Tá seguro, tá seguro – foi só o que eu disse.

Estávamos apertados debaixo de um mesmo guarda-chuva, que protegia mais a mim. A cem metros do portão principal, nosso olhar se petrificou, e só a visão lateral nos ajudava a desviar dos carros e outros obstáculos. Era um grande portão de ferro que abria para fora. Parecia dois enormes braços metálicos nos convidando para a guerra – e eu tinha realmente a

sensação de que já íamos entrar atirando. *"Agora a gente também quer brigar..."*, acho que pensávamos juntos.

– Falta pouco, guri. Segura aí. Se isso molhar, vai ser fogo!

Cheguei a abrir a boca pra lhe lançar uma reação já ensaiada. *"Ah, Joel! Para com isso! Cê não tá em Porto Alegre, não, cara!"* Mas de novo considerei a gravidade do momento e aliviei.

– Tá seguro, Joel. Já disse, tá seguro – falei demonstrando impaciência.

De um modo como eu não podia imaginar, meus músculos ainda se retesariam mais, pois, quando já éramos vistos por todos na calçada em frente, veio aquele grito longo e estridente, como um pedido desesperado de socorro. A sirene anunciava o começo das aulas. Acompanhei o sorriso nervoso e satisfeito de Joel. Chegamos.

Ao pular uma poça de água na entrada da escola, meu caderno caiu. Joel se virou rápido, disposto a me dar uma bronca, mas viu uma das minhas mãos firme sob o casaco, e relaxou. Peguei o caderno encharcado e seguimos pra sala.

Pelo pátio, colegas respingavam em nossas faces sorrisos debochados, por conta da última suspensão. Havíamos rasgado a fantasia da rainha da primavera, inconformados com a derrota de Bárbara, nossa amiga, que fez a melhor campanha, era melhor aluna, e mais bonita que a menina branca escolhida pelo júri. Até arriscamos dizer que foi racismo. Em outros episódios de rebeldia não houve consequências tão graves contra nós. Naquele, porém, certa má vontade de professores, funcionários e alunos começou a pressionar nossas notas para baixo, e a nos empurrar para os vagões abandonados do Metrô. Lá, diluíamos os resultados negativos e toda a revolta na fumaça que

tragávamos – e nos tragava. Vestíamos todas as capas que nos eram jogadas, imaginando que, assim, estaríamos protegidos, invencíveis. No fundo, tomávamos o mau tempo só pra nós, e as nuvens do preconceito nos acompanhavam aonde fôssemos: "Lá vêm os Diabinhos do Metrô", elas estampavam em letras alvas e garrafais, e permitiam a todos fazerem a previsão dos nossos insucessos. Isso até aquele dia...

Caminhávamos sob um aguaceiro, e a torrente de sarcasmos que caía sobre nós nos mantinha mais acesos, prestes a explodir, mas nos controlávamos. Contudo, já no corredor, a salvo da chuva, nos deparamos com alunos que abafavam novos risos. Não me contive. Surpreendendo Joel, avancei em direção a olhos arregalados por um repentino temor, disposto a acabar com tudo ali mesmo. Meu amigo, enfim, me seguia, mas não conseguiu impedir-me. Diante daqueles que ainda riam, saquei do peito aquele livro quente e o ergui o mais que pude, como um troféu, ou mesmo o próprio fogo olímpico. Atirei para o alto.

– Pá! Pá! Pá!

Soltamos largas gargalhadas, e uma enxurrada de interrogações desbotou de uma vez a alegria do grupinho...

Seguimos sem olhar pra trás. A gente carregava um ar de superioridade, e sabíamos o porquê. Além do livro, dentro dele, a redação que foi pedida. Nossa vingança espremida. Mesmo certos de que não ganharíamos o concurso, já nos sentíamos vitoriosos. Eu, Joel e MC Crânio, um primo que nos deu uma força, fizemos o texto usando um *rap* dos Racionais MCs, outro de GOG, textos de Lélia Gonzáles, poemas de Miriam Alves, frases de Malcolm X... Era munição suficiente para destruir intenções racistas como se fossem bolhas de sabão. No ar. Cada aluno branco ou negro que riu de nós era agora algo frágil e

fácil de atingir. Muito fácil. Mas nós queríamos mais. Muito mais. A turma inteira seria nosso alvo. Eles veriam quem eram os Diabinhos do Metrô...

Biobibliografia

LANDE M. Munzanzu ONAWALE (Reinaldo Santana Sampaio) nasceu em Salvador, Bahia, a 14/04/1965. No início da década de 90, teve os primeiros poemas publicados no Jornal Nacional do Movimento Negro Unificado (MNU). Entre 1996 e 2008, teve poemas e contos publicados em antologias diversas como os Cadernos Negros (SP), Quilombos de Palavras (BA), Terras de Palavras (RJ), e Black Notebooks (EUA). No ano de 2003, publicou seu primeiro livro individual, *O Vento* (poemas), e em 2006, a TVE/BA edita o "clip-poema" "Coração Suburbano", para a série 'Salvador em Versos'. Numa edição especial, lançou o conto 'Domingo' na IX Bienal do Livro da Bahia (2009).

Lande integrou o MNU (1988-1993), o Grupo de Capoeira Angola Pelourinho – GCAP (1994-1997), e desde 1990 é filho do Terreiro Tanuri Junsara. É graduado em História, bancário, compositor e educador. Em tudo, ativista. É filho de

D. Germínia e Seu Pedro, pai de Alile Dara, Tadi A Zazi e Simbi Muengi, sendo também filho e pai em outras extensas famílias.

Participou das seguintes obras literárias: Cadernos Negros (Quilombhoje/Anita Garibaldi, São Paulo. Vol. 19, 21, 23, 29, 30); Cadernos Negros Melhores Poemas (Quilombhoje, São Paulo, 1998); Quilombo de Palavras (Edufba, Salvador, 1999, e 2000 – 1ª e 2ª edições); Terras de Palavras (Pallas/Afirma, Rio de Janeiro, 2004); Caruru dos Sete Poetas (Casa de Barro, Cachoeira, 2007); Cadernos Negros Três Décadas (Quilombhoje, São Paulo, 2008) Black Notebooks (África World Press, Trento, 2008); Literatura e Afrodescendência no Brasil: antologia crítica (Ed. UFMG, BH, 2011) Review: Literature and Arts of the Americas, n. 83 (Ed. Routledge/Americas Society, Oxfordshire, 2011), entre outros títulos. Como compositor, integrou os discos: Qual é da Música? (SESI, Salvador, 2000); Male ao Vivo (Soc. Rec. e Carnavalesca Male Debale, Salvador, 2002); 9º Festival de Música dos Bancários (Sindicato dos Bancários da Bahia e Sergipe, Salvador, 2009).

Livro individual: *O Vento* (Edição do autor, Salvador, 2003).

Este livro foi composto em tipologia Adobe
Caslon Pro e impresso em papel Chamois
80g/m² (miolo) e Cartão 250g/m² (capa), no
mês de novembro de dois mil e onze.